L'ÉCOLE

PAR

M. LÉOP. CHAPPE

Lauréat de la Société impériale des Sciences, de l'Agriculture et des Arts de Lille

CE POËME EST TERMINÉ PAR

LE VAL-MAUDIT

ÉPILOGUE

PARIS

L. HACHETTE ET Cⁱᵉ, LIBRAIRES-ÉDITEURS

BOULEVARD SAINT-GERMAIN, 77

1864

L'ÉCOLE

Ceux qui sèment dans les larmes moissonneront
dans la joie.

Ps. 125.

VERSAILLES. — TYP. E. AUBERT, SUCC' DE AUG. MONTALANT

6, Avenue de Sceaux.

L'ÉCOLE

PAR

M. LÉOP. CHAPPE

Lauréat de la Société impériale des Sciences, de l'Agriculture et des Arts de Lille

CE POÈME EST TERMINÉ PAR

LE VAL-MAUDIT

ÉPILOGUE

PARIS

L. HACHETTE ET Cⁱᵉ, LIBRAIRES-ÉDITEURS

BOULEVARD SAINT-GERMAIN, 77

1864

A toi ces chants, cette pensée,
Goutte de miel et de rosée
   Après ton dur labeur;
Souffle de joie et d'espérance,
Cri sympathique à ta souffrance,
   O rude travailleur!

Ma Muse n'a point de couronne,
Ni de sceptre d'or qui rayonne,
   Ni de manteau royal;
Mais la pâquerette et la rose
Qu'elle effeuille en jouant, ou pose
   Sur son front virginal.

Elle aime les enfants, elle aime
La cloche et les chants du baptême,
   Et les petits berceaux,
Les jeux, les sentiers de l'école,
Les fleurs, le papillon qui vole,
   Et les nids des oiseaux.

Palais ou chaumière, qu'importe?
Elle s'arrête à toute porte
   Où son oreille entend
La chansonnette et la prière,
Et les caresses d'une mère,
   Et la voix d'un enfant.

La voici! c'est elle; regarde :
C'est elle en ta pauvre mansarde!
   Elle a voulu monter...
Comme elle tâche de sourire!
Comme en riant elle soupire!...
   Que va-t-elle chanter?

Léopold CHAPPE,

Professeur au Lycée de Versailles.

I

LA MANSARDE

Bienheureux, vous qui êtes pauvres, car
le royaume de Dieu est à vous...
Bienheureux, vous qui avez faim, car
vous serez rassasiés; bienheureux, vous qui
pleurez, car vous vous réjouirez.

Ev. sel. S. Luc, VI.

Dans l'étroite mansarde, aux vents d'hiver mal close,
Près du lit maternel, le nouveau-né repose.
Chacun s'est empressé; la femme du palier
A prêté pour l'enfant la toile et l'oreiller;

Une autre, pour couvrir la pauvre créature,
S'est défaite, à son tour, d'un bout de couverture;
On a dans l'âtre éteint rallumé le tison,
Préparé la veilleuse et la tiède boisson,
Bouché, pour garantir l'enfant qui vient de naître,
Les trous de la muraille et ceux de la fenêtre;
Puis on s'est retiré, le cœur gros, de ce lieu,
Recommandant la mère et l'enfant au Bon Dieu.

Elle dort, il sommeille; au dehors les ténèbres,
Au dedans la misère et ses spectres funèbres,
Spectres dressés debout devant un homme assis!
Il écrase ses pleurs sous ses épais sourcils :
Il soupire et gémit, puis regarde avec rage
Et mord ces bras oisifs et ces mains sans ouvrage,
Maudit sa destinée, et pour son doux bercail
Il redemande au ciel la manne du travail.
N'est-il donc plus d'espoir ni de Dieu tutélaire?
Depuis trois mois entiers a manqué le salaire;
Il manquera demain comme il manque aujourd'hui,
Et le gouffre béant se creuse autour de lui!
Tantôt il veut mourir, et tantôt il veut vivre;
Ses yeux vont de l'alcôve au crucifix de cuivre :
Là sa femme et son fils, là le divin martyr
Qui, les bras étendus, nous dit : Il faut souffrir!

Il souffrira : demain il ira sur la dalle,
Affrontant, s'il le faut, la honte et le scandale,
Dire à tous les passants, prosterné devant eux,
Sur ses genoux : Voyez! Je suis bien malheureux!
Mendier!! Quand ce front, ces mains, ce bras robuste
De la virilité portent le signe auguste! .
Seigneur, dit-il tout bas avec un grand frisson,
Si vous m'ôtez la force, ôtez-moi la raison.

Il dit; en ce moment, derrière le lit sombre,
Une invisible forme a remué dans l'ombre :
Une main fine et blanche apparaît; cette main,
Dans les plis du rideau se frayant un chemin,
S'approche de la table, et sur le bord dépose,
Pour ne point l'éveiller, doucement, quelque chose;
Puis cette même main s'éloigne un doigt levé,
Qui semble dire : Allons! Debout! Tout est sauvé!
Le lendemain, merci, mon Dieu! la Providence
Avait dans le logis ramené l'abondance;
Une douce chaleur rayonne du brasier;
On apporte le linge et le berceau d'osier;
Voici du nourrisson la première toilette,
La soyeuse flanelle et la blanche layette;
Voilà pour le baptême un petit bonnet bleu,
Du pain pour l'estomac et du bois pour le feu.

A l'atelier l'ouvrage a repris : l'heureux père
Charge sur son épaule et la règle et l'équerre ;
Il va donc travailler ! Voyez-le : dans cet œil
Quel rayon de bonheur et quel éclair d'orgueil !
Mais, avant de partir, il faut bien qu'il les voie,
Qu'il leur donne à tous deux une part de sa joie :
Il s'approche, et recule, et se met à courir,
Car, en les embrassant, il craint de les meurtrir !

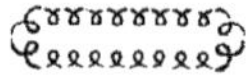

II

LA CRÈCHE

Jésus leur dit : Laissez les petits
enfants venir à moi.

(Ev. s. saint Marc, X.)

Le temps s'est écoulé : dans la modeste chambre,
On ne craint plus la faim, ni les froids de décembre ;
Le printemps renaissait : un matin le soleil
Avait du doux ménage éclairé le réveil,

Et pendant que l'enfant, lui, sommeillait encore,
Nos époux regardaient l'éblouissante aurore.
Tous deux, sans se rien dire, étonnés, attendris,
Voyaient une hirondelle, avec ses petits cris,
Vers son nid suspendu sous la haute toiture,
Dès l'aube du matin, porter la nourriture,
Puis quitter de nouveau, pour les lieux d'alentour,
Sa charmante couvée, objet de tant d'amour.
Je ferai, dit la femme, ainsi que l'hirondelle;
Ami, je t'aiderai, dans la tâche nouvelle,
Et peut-être, si Dieu me voit et me bénit,
Aurai-je aussi la place où suspendre mon nid.

Le jour même la place à l'enfant fut trouvée.
Il est une maison dans d'autres enclavée,
Tout humble, aux volets verts, au riant badigeon,
Où vont deçà, delà, la poule et le pigeon;
En avant une cour avec de grands treillages,
Dans le fond un jardin, du soleil, des feuillages;
Sur le seuil une Sœur, comme un ange posté
Devant l'asile saint, la Sœur de Charité.
Sur son front quel accueil! Dans ses yeux quel sourire!
Elle nous tend les mains et s'offre à nous conduire:
Entrons : voici la salle où deux fois, chaque jour,
La mère avec son lait apporte son amour;

Sur tous les murs on voit de bien belles images
De Jésus et Marie adorés par les Mages;
Dans la salle voisine, on entend à la fois
Des pleurs, des cris aigus, de caressantes voix;
Tantôt c'est le refrain d'un dodo monotone,
Tantôt, dans le silence, une voix qui détonne :
Vite, courez, berceuse, au petit altéré
Fournir le chaud laitage ou le gruau sucré.
Il boit, ferme les yeux et se réveille encore :
Prenez garde, ma fille, au petit minotaure;
Il veut le biberon prudemment refusé.....
Bon! Il vous a mordue, et vous l'avez baisé!

  On voit, en ce moment, par la petite porte,
S'introduire une femme; en ses bras elle apporte
Un tendre chérubin de ses langes couvert,
Le remet à la Sœur, et, l'œil tout grand ouvert,
Muette et palpitante, autour d'elle regarde :
C'est Martial son fils, l'enfant de la mansarde;
Martial! Un beau nom qui par le vieux René,
Sur les fonts de baptême, hier lui fut donné.
Elle hésite à présent! Son enfant, elle n'ose...
Elle semble, ô mon Dieu, redouter quelque chose :
S'il m'oubliait, dit-elle, en cessant de me voir!
Encor, s'il me savait occupée au lavoir,

Il me pardonnerait... La Sœur l'écoutait dire,
Et d'ineffables pleurs mouillaient son doux sourire;
Elle était là, tenant le petit indigent
Sur son grand cœur de femme et sur sa croix d'argent.

III

LE CHATEAU DE SABLE

> Le trône du Seigneur est dans le ciel ;
> ses yeux sont ouverts sur l'indigent.
> A cause de la désolation et des gémisse-
> ments des pauvres, je me lèverai, dit le
> Seigneur.
>
> (Ps. X et XI.)

Martial, à deux ans, marchait seul, sans lisière,
Et portait fièrement sa petite brassière ;
Il était gros et fort, et beau comme un amour.
Un jour qu'il bâtissait dans le fond de la cour,

Car bâtir à cet âge est chose indispensable,
Pour ses soldats de carte un beau château de sable,
Voilà que dans la crèche arrivèrent au pas,
Et fort bien alignés, de vrais petits soldats.
C'étaient, nous a-t-on dit, des enfants du Lycée,
Qui venaient tous les ans, à l'époque fixée,
Et d'après un antique et rigoureux statut,
De leur modeste épargne apporter le tribut.
Un beau garçon, Maurice, est le chef de la bande;
Vers la Sœur il s'avance et donne son offrande,
Aussitôt acceptée et mise dans le tronc;
Puis nos ambassadeurs, un baiser sur le front,
Espèce d'auréole à leur grâce touchante,
Visitent la maison où tout émeut, enchante,
Le berceau, le hamac, l'image et le joujou,
Depuis le chien de bois, jusqu'au mouton d'un sou.

Pendant qu'on va partout où pousse le caprice,
Au chauffoir, au préau, dans le jardin, Maurice
Avait vu le marmot qui, dans son petit coin,
Considérait là-bas quelque chose avec soin.
Il s'approche; l'enfant en belle symétrie
Arrangeait les détails d'une maçonnerie,
Et dans de gros cailloux s'efforçait de tailler :
Que fais-tu là, petit? — J'apprends à travailler;

Je fais une maison. — Une maison! J'espère! —
Je veux gagner bientôt comme mon petit père. —
Gagner! et pourquoi ça?— Pour avoir, n'est-ce pas,
A petite maman de bons gants et des bas. —
Elle a donc froid? — Oh! oui; depuis une huitaine,
Elle s'est enrhumée auprès de la fontaine,
Et, ma foi! l'autre jour, le monsieur noir a dit
Qu'elle avait pour un mois à rester dans son lit. —
Pauvre dame! Et ton père? — Il dit qu'il doit son terme;
Qu'est-ce? je ne sais pas; mais il travaille ferme.
Maurice, en l'écoutant, se sent tout attendri;
Il montre des bonbons, et l'enfant a souri;
Il agite ses mains en signe d'allégresse,
Saisit le beau cornet; sur son cœur il le presse,
Au lieu de dénouer, resserre le ruban,
Et dit : Merci, monsieur, ce sera pour maman.

Le soir même, au foyer de la pauvre famille,
Pendant que Martial et chuchotte et babille,
Parle de son ami qu'il aime déjà tant,
On ouït à la porte un petit doigt grattant.
On ouvre : une corbeille auprès du seuil blottie,
Interdit le passage et barre la sortie,
Et personne... On écoute, on entend comme un bruit,
Le léger glissement de quelqu'un qui s'enfuit;

Que contenait, mon Dieu! l'anonyme corbeille?
Un peu d'argent, du pain, du sucre, une bouteille,
Un doigt de chocolat roulé dans du latin ;
Et qui donnait cela?... Le lendemain matin,
Le concierge, timide et tremblant comme un lièvre,
Disait, mourant de peur et grelottant la fièvre,
Avoir vu, sous les traits d'un petit écolier,
Le fils de Belzébuth bondir dans l'escalier.

IV

LA SALLE D'ASILE

Bientôt l'enfant passa de la Crèche à l'Asile;
Dirai-je les regrets de bonne Sœur Lucile,
Quand elle vit, plaintive et le cœur déchiré,
S'éloigner pour toujours cet enfant adoré?

Martial résistait, il était tout en larmes;
On promit des bonbons, on fit peur des gendarmes,
On l'arracha de force au toit hospitalier.
De l'Asile avec lui gravissons l'escalier;
Ecoutons : un bruit vague arrive à nos oreilles :
On dirait d'une ruche où des milliers d'abeilles
Travaillent; puis des chants qu'on chante à l'unisson,
Puis silence absolu dans toute la maison;
Puis des récitatifs à de courts intervalles,
Entre des sons aigus des notes gutturales :
C'est qu'entouré d'eux tous, le maître, en ce moment,
Donne aux petits le lait de son enseignement.
Ici point de papiers, de plumes, d'écritoires,
Point de livres épais, mystérieux grimoires,
Pompeux in-folio, chefs-d'œuvre des savants,
Pour un âge si tendre, hélas! un peu pesants;
Mais de grands tableaux noirs, où le maître dessine
Une montagne, un fleuve, un arbre, une machine;
Leçon intelligible et que l'enfant perçoit,
Car il voit tout des yeux, et touche tout du doigt.

Voici, pour le calcul, un compteur mécanique :
On épelle en chantant l'unité numérique,
Qui va, vient et revient sur le fil de laiton;
On chante l'A B C peint sur un beau carton.

Au milieu des carrés, des angles, des losanges,
Voilà représentés la Vierge avec ses anges,
Le Saint avec son buis, le Christ avec sa croix :
Le maître les regarde et prie à demi-voix,
Puis se met à parler en montrant ces images :
Que dit-il, je ne sais ; mais tous ces frais visages,
Curieux, attentifs et vermeils de plaisir,
Ecoutent ce qu'il dit et semblent le saisir.
Il leur fait voir tantôt la fleur et sa semence,
Une feuille, un épi ; tantôt le ciel immense ;
Le brin d'herbe, l'insecte égaré sur le mur,
Le nuage qui passe au firmament d'azur ;
Il sait tirer de tout, pour ces âmes naissantes,
De pures vérités, lueurs éblouissantes,
Et ce groupe d'enfants, immobile, étonné,
Sous un charme inconnu demeure fasciné.
Il parle, et ce foyer, qui déjà la recèle,
Fait jaillir de la Foi la première étincelle ;
Il chante, et ce clavier, sous ses doigts étendus,
Rend, quand il est frappé, des sons inattendus.

J'aime ce buste blanc auquel, le matin même,
Les filles de l'Asile ont fait un diadème,
Non d'or ni de rubis, mais de simples bleuets :
Que de grâce naïve en ces augustes traits !

Cette tête charmante, où règne le sourire,
D'un éclair de bonheur s'anime et semble dire :
Laissez venir à moi tous ces petits enfants;
Le Seigneur les bénit, et moi je les défends.
Vous êtes belle ainsi, Madame, et le poète
Aurait, pour vous chanter, sa lyre toute prête,
Si dans le ciel qui s'ouvre à son œil ébloui,
Il n'entendait chanter les anges mieux que lui.

V

LA SAINT-PROSPER

—

> Vos enf..nts, comme de jeunes oliviers,
> entoureront votre table.
>
> (Ps. 127.)
>
> La joie du cœur est la vie de l'homme,
> et un trésor inépuisable de sainteté.
>
> (Eccl. XXX.)

Déjà mons Martial sur l'ardoise crayonne,
Et met bien la voyelle auprès de la consonne ;
L'Y présente encor quelque difficulté,
Le Z en ses zigzags l'a parfois arrêté ;

Il s'embarrasse fort devant la majuscule;
Mais un homme, à sept ans, devant rien ne recule;
Il s'obstine et bientôt prouve, par son succès,
Qu'il n'est rien d'impossible à l'écolier français.
Papa, maman, vos noms... ah! je vous vois sourire!
Furent les premiers mots que sa main sut écrire;
Puis vint un autre nom, nom cent fois commencé...
Momo, puis Mau, puis Maur..., et cent fois effacé...
Puis Mauri..., puis Maurice! Eclatante victoire!
Ce qu'ont tracé ses doigts, à peine il y peut croire;
Il relit, il épelle : Ah! c'est bien ce nom-là
Que si souvent son cœur tout jeune articula!
Maintenant un désir immense le consume :
Quand, au lieu de l'ardoise, aura-t-il et la plume,
Et l'encrier plein d'encre, et le joli papier?
Le Ciel y pourvoira; voyons chez l'ouvrier.

La mansarde, en ce jour, a pris un air de fête;
L'époux, l'enfant partis, Marthe s'est mise en quête,
A complété la table où le couvert est mis,
Rangé les tabourets, prévenu les amis.
Le pain est sur la huche et le vin dans l'armoire;
C'est que le vingt-cinq juin, elle a bonne mémoire,
On fête saint Prosper, patron de son mari.
Voici le grand gâteau qu'elle-même a pétri,

Et qu'on arrosera, pour finir la soirée,
D'un pur moka mêlé de pure chicorée.
Jérôme avec sa femme arrive le premier ;
Françoise vient ensuite avec un gros panier ;
Puis on entend bientôt, comme de dessous terre,
Les belliqueux accents d'un refrain militaire ;
Le bruit monte, et l'on voit déboucher triomphant
Le vieux soldat René, le parrain de l'enfant ;
Puis vient le brave Auguste avec sa fille Annette,
L'un offrant ses bons mots, l'autre sa chansonnette ;
Tous apportent des fleurs au maître de céans.
Ici point de propos ambigus, malséants,
Obscènes calembourgs ou sottes balivernes,
Qu'on entend retentir aux comptoirs des tavernes,
Poisons nés de l'absinthe et du vin frelaté,
Mais une intarissable et charmante gaîté.
On dirait qu'un enfant, par sa seule présence,
Semant autour de soi son parfum d'innocence,
Au foyer domestique est comme un talisman :
Martial resplendit, baisé par sa maman.

Un instant, vers le soir, on cessa le tapage,
Et le banquet devint un grave aréopage
Où du petit espiègle on discuta le sort :
Ce conscrit, dit René, sur l'ardoise est bien fort :

Il est pour l'écriture à l'épreuve des balles. —
Je sais mon alphabet, mais peu les capitales. —
Les capitales! Bon! Mon camarade, il faut
Croiser la baïonnette et les prendre d'assaut!
Voyons, feras-tu bien ton service à l'école? —
Je le promets. — C'est bien, je t'en crois sur parole :
Je nomme Martial au premier d'Ecoliers,
Et dans trois mois j'entends qu'on passe aux grenadiers.

VI

LA REDOUTE

Si dans la terre que le Seigneur vous a
donnée, un de vos frères tombe dans la
pauvreté, vous n'endurcirez point votre
cœur, et vous ne fermerez point votre
main ;

Mais vous l'ouvrirez et vous lui prêterez
ce dont vous verrez qu'il aura besoin.

(DEUTÉRONOME, XV.)

« Au sergent Martial le colonel Maurice :

« On battra le rappel au sortir de l'office ;

« Rendez-vous général dans le parc du château ;

« Les Anglais au quinconce, et nous sur le plateau.

« On mangera la soupe à six heures sur l'herbe.

« On veut comme témoins de ce combat superbe,

« Et ton père et ta mère et ton brave parrain;

« Ils trouveront ici Bonnard, Jean, Mathurin,

« Et d'autres vieux soldats : aux armes, camarade! »

Un soleil magnifique éclairait la cascade,

Les massifs de verdure et les chemins sablés.

D'innombrables guerriers, dès midi rassemblés,

Avec leurs cliquetis de sabres, de panaches,

Leurs cuirasses d'argent, leurs longues sabretaches,

Et leurs fusils couverts d'un innocent métal,

Sur la verte pelouse attendaient le signal.

On le donne : à l'instant, on entend les trompettes,

On voit de tous côtés courir les estafettes;

La bataille s'engage avec des cris confus,

Le tambour bat la charge... et René n'y tient plus!

Le voilà qui, saisi d'une fièvre guerrière,

Disparaît tout-à-coup dans un flot de poussière :

Quelque temps, à travers les taillis et les bois,

On entend les éclats de sa tonnante voix.

Il reparaît au loin, il marche, il court, il vole,

Il se croit à Wagram ou sur le pont d'Arcole;

Et chacun d'applaudir en riant de bon cœur.

Après mille combats, le Français est vainqueur.

Les Anglais sont défaits; leurs bandes éperdues
De leurs débris épars couvrent les avenues.
On apporte déjà les guidons en lambeaux,
Avec des prisonniers sans armes, sans drapeaux :
En avant! dit Maurice, à la grande redoute!
Et, sans perdre un moment, achevons leur déroute!
Or la redoute était une meule de foin,
Large, épaisse, profonde, arrangée avec soin.
Martial, le premier, tout blanchi de poussière,
Sur les créneaux de paille a planté sa bannière,
Et du haut de ses murs l'ennemi culbuté,
Jusqu'au bas des talus roule précipité.

La mère de Maurice, en ce moment, s'avance,
Fait un signe, et chacun aux bastions s'élance;
En un clin-d'œil on a fouillé dans le rempart,
Où l'on trouve un trésor dont chacun a sa part,
Des joujoux, des gâteaux, des livres, des dragées
Aux vainqueurs, aux vaincus à l'instant partagées.
Martial, à son tour, comme le cœur lui bat!
Est proclamé par tous le héros du combat :
Il s'approche et reçoit une belle grammaire,
Don providentiel pour l'école primaire,
Le papier qu'il rêvait, les compas, les couleurs,
Un magnifique album armorié de fleurs.

Pendant que du butin le partage s'opère,
Que Martial bondit d'allégresse, son père
Contemplait, ébloui, les larmes dans les yeux,
Cette femme divine, au geste gracieux,
A la main fine et blanche. Il a cru reconnaître
Celle qu'il avait vue à ses yeux apparaître,
Dans cette nuit terrible où naquit son enfant.
Il comprime avec peine un sanglot étouffant,
Il veut se prosterner devant ses genoux, dire
Un de ces mots brûlants que l'âme seule inspire...
Il veut... Il n'est plus temps : la dame a deviné,
Et d'un regard profond tient le monstre enchaîné.

VII

L'ÉCOLE PRIMAIRE

Et une partie du bon grain tomba dans
une bonne terre, et quand le grain fut
levé, il fructifia cent fois autant...

Mais ce qui est tombé dans une bonne
terre, ce sont ceux qui, ayant écouté la
parole avec un cœur honnête et bon, la
retiennent et la font germer par la persé-
vérance.

(Év. s. saint Luc, VIII.)

Un philosophe ancien, l'illustre Pythagore
Du marteau sur l'enclume aimait le bruit sonore;
Moi, j'aime un autre bruit, celui que les marmots
Vers l'école, au matin, font avec leurs sabots.

Le même philosophe, au sein de son école,
Pendant cinq ans entiers, avait seul la parole :
Immobiles, rêveurs et muets devant lui,
Ses disciples devaient, sans trahir leur ennui,
Ecouter tout ce temps, bras croisés, bouche close,
Ses dissertations sur la Métempsychose.
Moi, j'aime dans la classe où règne un maître instruit,
Beaucoup de discipline, avec un peu de bruit.
J'aime tous ces enfants, en blouses, en jaquettes,
Au milieu des crayons, des plumes, des planchettes,
Epelant au tableau, grattant sur les papiers,
De gros, de demi-gros festonnant leurs cahiers ;
J'aime ce roulement de questions pressées,
Ce tumulte que font, en naissant, les pensées ;
J'aime l'Ecole enfin que je comparerais,
Pour le bruissement, à ces vastes forêts
Dont l'éternelle brise agite le feuillage…,
Où l'oiseau, par moments, gazouille son ramage.

O grand Pythagoras, on prétend qu'autrefois
Tu pouvais changer d'âme et de corps à ton choix.
Miracle ! Un de ces jours, nous te verrons peut-être
En grave instituteur parmi nous reparaître :
Dans ce nouveau séjour quel sera ton émoi !
Mais aussi quel orgueil ! Regarde autour de toi :

Partout, sur tous les murs, resplendissent encore
Ces mots sacramentels : Table de Pythagore.

  Si parmi nous, Seigneur, vous revenez un jour,
Donnez à Martial un grain de votre amour :
C'est ce gentil enfant que, six fois par semaine,
Jusqu'au seuil de l'école un vieux grognard amène,
Exact et ponctuel, dès que l'heure a sonné,
Et fidèle à son poste, ainsi le veut René.
Il est plein de candeur et de grâce naïve ;
Il sourit et salue aussitôt qu'il arrive ;
Il aime le travail ; partout il est cité
Pour son intelligence et son activité.
On l'a fait Moniteur : de sa voix claire et pure,
Combien j'aime à l'entendre au tableau de lecture,
Expliquer l'alphabet lettre à lettre aux enfants !
Il sait dire à propos : Je veux, ou : Je défends.
Quel âge a-t-il ? Qu'importe ? On l'écoute, et d'un signe
Il fait de son escouade une troupe de ligne.
Cependant on le craint, on fait courir le bruit
Que souvent, pour écrire, il se lève la nuit,
Et qu'il est somnambule : ainsi, ma foi ! s'explique
Son précoce talent dans le calcul métrique ;
Il n'est pas naturel de savoir, jusqu'au bout,
L'histoire, le dessin, l'orthographe, enfin tout !

Contre l'assertion si l'enfant se récrie,
On dit qu'il fait aussi de la géométrie,
Qu'on l'a vu l'autre jour, une chaîne à la main,
Là-bas avec son père, arpenter un chemin !

Prends garde, Martial : au temps où la magie
Faisait brûler ou pendre un homme en effigie,
On eût dressé peut-être et potence et fagots,
Pour ta petite blouse et tes petits sabots.

VIII

LA VEILLÉE

> Celui qui instruit son fils sera loué en lui, et il se glorifiera en lui au milieu de ses proches.
>
> Alors un père meurt, et il ne semble pas mort, car il a laissé un homme semblable à lui.
>
> ECCLÉSIAST. XXX.

Cependant Martial grandissait : à l'école,
On l'avait surnommé Pic de la Mirandole.
De la France, jugez ! il savait tous les rois,
En calcul l'alliage et la règle de trois.

Point de difficulté, ni d'épineux problème
Qu'il ne pût, ce savant, résoudre à l'instant même,
Et ce n'était qu'un jeu, quand on enchevêtrait
Des rapports compliqués d'escompte ou d'intérêt.
L'histoire? Il avait lu, ce qui la vivifie,
Chaque fait parallèle à la géographie,
Les récits merveilleux, épiques bulletins
Des hardis voyageurs dans les pays lointains,
Suivi Durville et Cook de rivage en rivage,
Cherché l'écueil fameux par tel ou tel naufrage,
Observé l'homme enfin dans les climats divers.

L'enfant à ce travail consacrait ses hivers :
Le soir, près de la lampe où l'huile épaisse fume,
Sur un lit de papiers il posait le volume,
De peur d'en maculer le splendide vélin :
Dieu! s'il eût abîmé Télémaque ou Rollin,
Quelqu'un de ces trésors que lui prêtait Maurice,
Comment dissimuler la tache accusatrice?
Aussi que de respect, de soins minutieux,
Quand, pour lire, il ouvrait ces livres précieux!
A peine il en osait toucher la couverture.
Il copiait tantôt des plans d'architecture
Sur de grands papiers blancs, et sa petite main
A merveille étendait l'azur et le carmin;

Tantôt il esquissait quelque belle machine,
Soit à la sépia, soit à l'encre de Chine,
Tandis que, dans un coin, René, lui, crayonnait
De vieux soldats barbus, mieux qu'Horace Vernet.

Il n'avait que douze ans : cet âge, c'est l'aurore
Pour l'âme et pour l'esprit qui commencent d'éclore ;
C'est l'aube matinale où tout pour notre cœur
Se remplit de parfums, de grâce et de fraîcheur ;
C'est le temps où Jésus en ses saintes phalanges
Nous enrôle nourris du pur froment des anges,
Et qu'au milieu des fleurs et des chants solennels,
Nous nous serrons si purs autour de ses autels.

Martial, à genoux devant le sanctuaire,
Avait compris le sens du douloureux calvaire,
Et songeant à l'étable où le Christ était né,
S'était senti moins pauvre et moins abandonné.
Dieu lui donnait déjà la force, et quand sa mère.
L'emmena pour toujours de l'école primaire,
Il baisait sa médaille et sa mère en chemin,
Et, d'un accent étrange, il disait : A demain !
Et le père tout bas disait : A la bonne heure !

Le soir même, Maurice à la pauvre demeure

Apparut palpitant et rouge de plaisir :
Saluez, leur dit-il, l'officier de Saint-Cyr...
A ces mots, Martial pâle vers lui s'élance !
Mais Maurice l'arrête et d'un geste : Silence !
Silence dans les rangs ; nos moments sont comptés ;
Intrépides soldats de la France, écoutez :
Je lègue, avant d'aller aux plages ennemies,
Le montant intégral de mes économies
A Martial !... C'était un petit sac plein d'or ;
Et Maurice, à ces mots, s'enfuit et court encore.

   René, le lendemain, et toute la famille
Volèrent au château ; mais à travers la grille,
Maurice avec sa mère, une fourche à la main,
A ces fiers assaillants barrèrent le chemin.

IX

LES ADIEUX

———

Maurice a dix-neuf ans, Martial en a douze ;
L'un a pris l'uniforme, et l'autre a pris la blouse ;
Mais qu'importe l'habit, quand deux cœurs généreux,
Par un tacite accord, font alliance entr'eux ?

Maurice est jeune et riche et fier de sa naissance,
Mais il n'abdique point ses souvenirs d'enfance ;
Il est si bon, si brave, et surtout si loyal :
Il aime, il aimera toujours son Martial,
Disait-il à sa mère. — On devait, le soir même,
Au soldat de Saint-Cyr dire l'adieu suprême,
Le voir et s'enivrer, pour la dernière fois,
Du charme de ses yeux, du charme de sa voix.
René court dans les champs, Martial au pupitre ;
L'un prépare un bouquet, l'autre une grande épître ;
Ils ne peuvent donner que cela ; la maman
Dispose pour le tout de beaux nœuds de ruban.
Chacun, René, l'enfant et la mère empressée,
Dans le don qu'il apprête enferme sa pensée,
Ses souhaits de bonheur, ses vœux, tout son amour.
On s'étourdit ainsi jusqu'au déclin du jour ;
Quand le soir arriva, que l'étroite cellule
S'assombrit par degrés avec le crépuscule,
Et qu'il fallut partir, on n'osait se parler,
Tant on sentait déjà les pleurs près de couler.

On s'en vient au château : là chacun se rassure ;
La mère aux yeux de tous sait cacher sa blessure,
Et de son pauvre cœur maîtriser les élans ;
Le bouquet que René tient dans ses doigts tremblants,

Elle le prend, le porte à ses lèvres, le baise :
Ouf! dit le bon René qui ne se sent pas d'aise,
A ton tour, Martial, et fais ton compliment.
L'enfant ouvre la feuille et lit timidement :

« Fable. Un jour, dans les bois, le Chêne vit un Lierre
« Qui se traînait mourant sur l'aride poussière... »
— Ici l'enfant tremblait. — « Il eut pitié de lui :
« Pauvre arbuste, dit-il, je t'offre mon appui ;
« Vers le ciel, si tu veux, nous monterons ensemble.
« A cette grosse voix d'abord le Lierre tremble ;
« Il n'ose regarder cet immense géant,
« Qui daigne s'adresser à lui... fils du néant!... »
— Halte-là, dit Maurice ; un lierre est respectable
Autant qu'un chêne ; tiens! je finirai ta fable ;
Et, prenant le crayon, il trace ce qui suit :
« Le Lierre cependant, par son offre séduit,
« Se rend au vœu du Chêne, et grimpe à son écorce ;
« Mais le voilà bientôt, plein de sève et de force,
« Qui couvre, lui naguère encor faible arbrisseau,
« Ce colosse fameux de son vaste réseau.
« L'arbre s'en trouva bien : au sein de la tempête,
« Quand les vents l'agitaient de sa base à son faîte,
« Le colosse, tranquille aux bras de son ami,
« Ne fut plus par l'orage ébranlé qu'à demi. »

Maurice, là-dessus, détache une pensée
Qu'il regarde et renferme, après l'avoir baisée,
Dans le médaillon d'or à son cou suspendu.
C'en est trop : Martial palpitant, éperdu,
Aux bras de son ami se précipite et pleure;
Il sanglotte... René, si brave tout à l'heure,
Recueille, en maugréant, dans ses deux poings crispés
Deux beaux ruisseaux de pleurs à ses yeux échappés;
Et, revenu le soir dans la pauvre mansarde,
Il jurait qu'il n'avait, lui soldat de la Garde,
Lui qui devant la mort jamais ne recula,
Senti son vieux cœur battre autant que ce jour-là.

X

L'USINE

—

Vous m'avez dit : Je te donnerai l'intelligence, et je t'instruirai dans la voie où
tu dois marcher ; j'arrêterai mes regards
sur toi.

Ps. XXXI.

Le travail, c'est la loi, c'est la gloire de l'homme ;
C'est l'emploi de sa force et son bonheur en somme.
Tout jeune qu'il était, Martial le comprit,
Et la lumière alors fut faite en son esprit.

Aussi quand il entra dans cette usine immense,
Où la tâche fiévreuse avec le jour commence,
Et ne finit le soir qu'au coucher du soleil;
Quand il vit de tout près l'imposant appareil
De ces mille instruments dont l'industrie humaine
Se sert pour agrandir sans cesse son domaine,
Ces rouages de fer, ces marteaux, ces leviers,
Ces monstrueux pilons, ces pesants balanciers
Dont la masse elle-même, à nos lois asservie,
A cent ressorts divers communique la vie;
Quand il ouït, Dieu sait sa surprise et sa peur!
Autour de lui rugir et gronder la vapeur;
Puis, quand il écouta comme une voix se plaindre
Dans le jeu de la forge et le cri du cylindre,
Dans l'éternel sanglot des soufflets haletants,
L'enfant émerveillé se recueillit longtemps.
Alors il lui sembla que la matière vile,
Remplaçant l'homme enfin dans son labeur servile,
Et se substituant à lui de jour en jour,
Sous le faix douloureux gémissait à son tour;
Que l'homme désormais, grâce à la Providence,
Devait, moins par les bras que par l'intelligence,
Obéir au décret par Dieu même porté,
Du travail incessant, sceau de sa dignité.

Voilà ce que l'enfant devinait en son âme :
Aussi que de dédain pour la paresse infâme,
Et d'instinctif dégoût, quand il se rencontrait
Avec le hideux spectre issu du cabaret!
Des plaisirs? son bonheur était dans sa famille :
Le dimanche venu, près de quelque charmille,
Aux chansons des oiseaux perchés dans les lilas,
Tous ensemble ils prenaient leur modeste repas.
Tantôt dans la forêt, tantôt dans la campagne,
Tantôt sur les gradins de la haute montagne,
Ils s'asseyaient groupés, contemplaient autour d'eux
L'admirable nature, et s'estimaient heureux.
Le lundi revenait : chacun plein de courage,
Les muscles affermis, retournait à l'ouvrage ;
Et rafraîchis d'avoir respiré le grand air,
La semaine pour eux passait comme un éclair.

Chaque soir on allait, la tâche terminée,
Par d'innocents plaisirs couronner la journée,
Voir un vieux camarade, écouter l'orphéon,
Au spectacle applaudir le Grand Napoléon :
Napoléon lançant ses soldats intrépides
Sur le mont Saint-Bernard ou sur les Pyramides,
Napoléon courant, à l'ombre du drapeau,
Avec sa redingote et son petit chapeau,

Son œil d'aigle étendu sur toute son armée ;
Ces clairons, ces tambours dans des flots de fumée ;
Tout cela d'une odeur de poudre assaisonné,
Amusait la famille, électrisait René.
Martial admirait la scène militaire ;
Quelquefois cependant ses yeux tombaient à terre ;
Le parrain, qui croyait son filleul endormi,
Le réveillait... L'enfant pensait à son ami.

XI

L'ADOLESCENCE

— SUITE —

Il fleurira comme le lis, il multipliera
ses racines comme le cèdre...
Ses rameaux s'étendront, sa beauté sera
celle de l'olivier, il répandra des parfums
comme la forêt du Liban.

OSÉE, XIV.

Voici pour Martial venir l'adolescence ;
Son corps et son esprit sont en pleine croissance :
Le travail méthodique et la sobriété
Ont fait fleurir en lui des trésors de santé.

A son front haut et mâle, à sa large poitrine,
Au souffle généreux qui gonfle sa narine,
A ces robustes poings qui font déjà plier,
Comme de faibles joncs et le fer et l'acier,
On s'étonne d'abord ; interdit, l'on s'arrête
Pour contempler ce jeune et vigoureux athlète ;
Mais quand il fait vibrer sa voix au timbre pur,
Quand il lève sur vous ces deux beaux yeux d'azur
Où la bonté rayonne, on l'admire, on s'écrie
Qu'il doit se faire aimer jusqu'à l'idolâtrie.

Quelquefois cependant ce charme souverain
S'évanouit, sa voix prend le son de l'airain ;
Cet œil si doux s'anime et lance un feu plus sombre,
De ses brusques sourcils on voit s'épaissir l'ombre,
Il gronde : c'est qu'alors son cœur est révolté
D'un abus de la force ou d'une lâcheté.
Il faut qu'il intervienne et, d'un élan sublime,
Qu'il s'attaque au bourreau pour sauver la victime ;
Il la sauve en effet. Si quelque voix alors
Le traite insolemment de redresseur de torts,
Martial outragé, mais l'âme contenue,
Attend pour se venger que l'heure soit venue.
Un incendie éclate, ou le fleuve grossi
Menace d'engloutir un quartier : le voici,

Le voici dans les feux comme la salamandre :
On le voit s'élancer, courir, monter, descendre,
Et chaque fois, fumant, rapporter dans ses bras
Une triste victime arrachée au trépas.
Sur les eaux, on dirait de quelque dieu d'Homère,
Ou de Bellérophon combattant la Chimère :
Il court de tous côtés, déployant son essor ;
Il plonge coup sur coup, reparaît, plonge encor,
Et quand il a bravé les fureurs de l'orage,
Et qu'il a pu ravir quelque proie au naufrage,
Il se sauve, il se cache, il court, un peu pâli,
Reprendre à pas de loup sa place à l'établi.

Cet établi, bientôt peut-être il sera vide ;
Et pourquoi? Demandez à ce vieillard stupide,
Aux membres amaigris, à l'œil louche, à l'air dur,
Que Martial hier dessinait sur le mur.
C'est le Temps : sur sa tête altière, enrubannée,
Il porte fièrement le chiffre de l'année,
Enferme en ses filets des milliers de héros,
Et tout autour de lui sème des numéros
Qui, pêle-mêle, à flots, s'échappent de son urne :
L'artiste a complété le portrait de Saturne,
En mettant sur son dos un sac où l'on peut voir
L'antique sablier et la faux en sautoir.

— C'est ainsi qu'en riant, Martial se prépare
A paraître bientôt à la terrible barre,
Où des jeunes conscrits se décide le sort.
Il ajoute qu'il faut, brave jusqu'à la mort,
Se présenter gaîment à cette loterie
Ouverte tous les ans au nom de la patrie,
Qu'il est beau de servir, et qu'ici comme ailleurs,
Les premiers numéros sont toujours les meilleurs.

XII

LA CASERNE

C'est moi qui te l'ordonne : sois fort et
vaillant; ne crains pas et ne t'épouvante
pas ; car le Seigneur ton Dieu sera avec
toi partout où tu iras.

Josué, I.

Martial a bravé l'implacable Fortune;
Il a par ses dédains irrité sa rancune :
Martial est soldat : hier, d'un coup de dé,
La maligne déesse ainsi l'a décidé.

Mais qu'importe ! Il tient bon : le voilà qui s'attelle,
Sans relâche et sans trève, à sa tâche nouvelle.
D'abord il étudie avec acharnement
Ce petit livre bleu, code du régiment ;
Or il a calculé, supputé titre à titre,
Qu'en mettant par quinzaine en sa tête un chapitre,
Il saurait, comme tant de conquérants divers,
Manœuvrer dans six mois, au bout de l'univers.

Le vieux sergent l'a dit : Nestor de la caserne,
Qui depuis trente ans porte, au fond de sa giberne,
Ce glorieux bâton, bâton que vous savez :
Enfants, la Théorie ! et vous êtes sauvés.
Martial fut docile à ce conseil si sage ;
Il a rapidement fait son apprentissage :
Nul aussi bien que lui ne sait, d'un air coquet,
Broder la pirouette ou charger le mousquet.
Sur le champ de manœuvre, à l'escrime, à la cible,
A la course, il étonne en faisant l'impossible.
Consultez l'adjudant ou le sergent-major,
Il est dans leurs bureaux plus étonnant encor :
En un clin-d'œil il trace, au courant de la plume,
L'état des rations de pain et de légume,
Et le fourrier, qu'il a bien souvent assisté,
L'appelle professeur de comptabilité ;

Même un jour, quel honneur! il a dit : Camarade.
Martial a bientôt conquis son premier grade;
La moustache est venue; on dirait un grognard,
Avec son pompon rouge et son sabre-poignard;
Il ne·troquerait pas, tant sa mine est hautaine,
Les trésors du Pérou pour son galon de laine;
Quel triomphe bientôt quand il sera d'argent!
Un roi n'est qu'un atôme à côté d'un sergent.

Cependant il circule un vague bruit de guerre;
Le vent est à l'orage; on a vu ventre à terre
Partir une estafette, arriver des courriers,
Mystérieusement causer les officiers....
On attend, on espère; à la fin, plus de doute;
Le bataillon demain devra se mettre en route :
Quel bonheur au quartier! On saute, on chante, on rit;
Puis de doux souvenirs revenant à l'esprit,
Au moment du départ, on se recueille, on pense
A son père, à sa mère, à ses amis d'enfance;
Martial tout rêveur, en un coin retiré,
Ecrit à sa famille avec le cœur serré;
D'où vient cette indicible et profonde tristesse?
C'est qu'il voit sur eux tous s'avancer la vieillesse;
Et s'il n'était plus là! s'il leur manquait un jour!
Et si l'aveugle sort, jaloux de son amour...

Mais voilà que soudain cette lugubre image
Se change comme un songe en un riant mirage :
Il voit passer là-bas, là-bas dans le lointain,
Un régiment ! C'est lui ! C'est Maurice ! O destin !
Il marche enveloppé du drapeau de la France :
Repais-toi, Martial, de la douce espérance
De le revoir : le Ciel où tu lèves les yeux,
Dans quelques jours peut-être exaucera tes vœux.

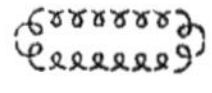

XIII

LE CHAMP DE BATAILLE

—

> Il se revêtit de la cuirasse comme un
> géant; il devint semblable à un lion qui
> rugit à l'aspect de sa proie.
>
> LES MACHABÉES, I, 3.

Le sort en est jeté : dans la campagne immense
Cent mille acteurs sont prêts, et le drame commence;
Le prélude est sublime et terrible à la fois,
Quand le canon d'airain fait entendre sa voix;

Qu'à ce signal d'abord tout le front de l'armée
Se couronne à l'instant d'un cercle de fumée,
Qu'ensuite tout s'ébranle et, pareille au serpent
Qui s'échauffe au soleil et s'allonge en rampant,
La masse se déploie avec un bruit de houle,
Et par mille chemins lentement se déroule.
L'air est pur et limpide encore, et le gazon
Des perles du matin scintille à l'horizon ;
L'astre du jour sourit ; mais des flots de poussière
Eclipsent par degrés sa brillante lumière ;
Bientôt les combattants se rapprochent... hélas !
Et le tonnerre alors redouble ses éclats.
Puis c'est une confuse et brûlante mêlée,
Où la cavalerie, ardente, échevelée,
Hippogriffe de fer, plus vite que le vent,
S'enfonce tête basse et le glaive en avant ;
Un nuage où l'éclair serpente avec la foudre,
Où le sabre étincelle et répond à la poudre ;
Un nuage qui roule et qui laisse en passant
Des monceaux de blessés et des fleuves de sang !

De la roche escarpée où campe sa brigade,
Martial écoutait debout la canonnade :
Impassible, il regarde au pied du mamelon
Du combat acharné courir le tourbillon.

Il contemple attentif, quand soudain, est-ce un rêve?
Au milieu des éclats d'une bombe qui crève,
Il voit un officier, pâle, défiguré,
Serrer dans ses deux bras son drapeau déchiré;
Cet officier chancelle, et le torrent emporte
Comme un fêtu léger sa suite et son escorte.
Il tente, mais en vain, de se défendre seul,
Et de son étendard se faisant un linceul,
Il tombe, il va périr... Juste ciel! C'est Maurice!
Et Martial bondit au fond du précipice,
Le couvre de son corps, et, l'éclair dans les yeux,
Il rejette à vingt pas les plus audacieux.
Ce n'est plus un soldat! C'est l'ardente panthère
Qui, devant ses petits étendus sur la terre,
Rugit un cri terrible, et montre aux assaillants
Sa large gueule ouverte et ses ongles sanglants!

Dix fois les ennemis, pleins de honte et de rage,
Reviennent à la charge et s'arment de courage,
Et dix fois Martial, que rien ne fait trembler,
Sous ses terribles coups les force à reculer.
Mais voilà tout-à-coup qu'il pâlit... Il frissonne...
De blessures couvert tout son sang l'abandonne;
De sa main défaillante il cherche autour de lui,
Touche, embrasse Maurice, et reste évanoui.

En ce moment suprême, au bout de l'avenue,
Voici des cavaliers qui, l'épée haute et nue,
Accourent près du tertre où gisent endormis,
Dans les plis du drapeau, nos glorieux amis :
La troupe alors s'arrête et présente les armes,
Et le chef, à genoux, l'œil humide de larmes,
Regarde Martial, et pose sur son cœur
Le baiser militaire avec sa croix d'honneur.

XIV

L'AGONIE

———

Il a, pendant vingt jours de fièvre et de délire,
Appelé vers le ciel où ses yeux semblaient lire
Son Maurice, et Maurice enlacé dans ses bras,
Qu'il pressait sur son cœur, il ne le voyait pas!

Il a joint les deux mains et prié pour son père,
Parlé de sa famille et d'avenir prospère :
Bien pauvres! disait-il, mais il leur reste un fils!
Et là-dessus l'enfant baisait le Crucifix.
Martyr de l'amitié, crucifié lui-même,
Il était là couché, les yeux clos, le front blême,
Reposant d'un sommeil si morne, si glacé,
Que Maurice en pleurait, le croyant trépassé.
A l'heure redoutable, on fit venir le prêtre;
Le malade un instant sentit quelque bien-être;
Mais la nuit fut affreuse : il se leva tout droit,
Livide et frissonnant, et se plaignant du froid;
Puis, faisant sur lui-même un effort galvanique,
Et raidissant les nerfs de son corps athlétique,
Il allait... A genoux, et tout pâle d'effroi,
Maurice suppliant disait : Regarde-moi!
Et tendait devant lui l'étreinte fraternelle.
Le spectre alors debout, dilatant sa prunelle,
Observa d'un œil fixe, et poussant un grand cri,
Retomba sur sa couche, inanimé, meurtri!

La crise était passée : il ferma la paupière,
Bégayant bas, bien bas, quelques mots de prière,
Appelant de la main la main de son ami,
Et sous ce doux contact souriant à demi.

Le lendemain matin, au retour de l'aurore,
Dans un calme profond il reposait encore;
Sur les volets fermés on tira les rideaux,
Tant on craignait pour lui jusqu'au chant des oiseaux!
Maurice, près du lit, comme un terme immobile,
Dans sa robuste main tenait sa main débile,
Et la Sœur en un coin, les yeux rougis de pleurs,
Invoquait dans le Ciel la vierge des douleurs!

. . . .

. . . .

Martial fut sauvé par tous ces soins, que dis-je?
Par les anges de Dieu qui firent ce prodige.
Vers le huitième jour, le docteur enchanté
Retira de son flanc le dernier plomb resté;
Puis tout se referma. Dix profondes blessures,
Que Martial plus tard traitait d'égratignures,
Sillonnaient tout son corps, après sa guérison :
C'était son glorieux, son immortel blason!

Un matin, Martial était avec Maurice;
Il parlait de vapeur et de force motrice,
Des arts industriels et de leur avenir,
De l'usine où bientôt il allait revenir,
Lorsque sous la fenêtre où causait le malade,
Retentit une grande et douce sérénade.

C'était le régiment sur la place rangé,
Qui venait au soldat apporter son congé.
Martial se leva; quand on le vit paraître,
Sur le bras de Maurice, à la haute fenêtre,
La musique entonna son hymne triomphal,
Et la foule acclama par trois fois Martial;
Trois fois elle agita devant lui sa bannière;
Et Martial, ému, montrant sa boutonnière,
Et son bras en écharpe, et les pleurs de ses yeux,
Par d'éloquents baisers traduisit ses adieux.

LE VAL-MAUDIT

ÉPILOGUE

> Il relève le pauvre de la poussière....
> pour le faire asseoir entre les princes, entre
> les princes de son peuple.
>
> Ps. 112.

Dix ans se sont passés : j'étais sur la colline
D'où le regard embrasse et la ferme et l'usine :
C'est ici, dit mon guide; arrêtons-nous un peu,
Pour mieux considérer cette œuvre du Bon Dieu.

— Or j'avais sous les yeux un merveilleux spectacle. —
Un miracle, oui-dà, monsieur, un vrai miracle
Pour ce pays si triste et si pauvre autrefois,
Que ces champs cultivés et ces prés et ces bois. —
Qu'était-ce donc? — Partout des ravins, des ornières
Où les loups venaient seuls établir leurs tanières,
Un terrain qui n'était, quel prodige en dix ans!
Que fondrière affreuse et marais croupissants.
C'était le Val-Maudit !!

          Un beau matin, deux hommes,
Je crois les voir encore à la place où nous sommes,
L'un tenant dans sa main la sonde et le niveau,
L'autre, un vigoureux gars, la hache et le marteau,
Osèrent dans ces lieux se frayer une route... —
Et voilà, n'est-ce pas, tous vos loups en déroute? —
Vous riez!... J'en tremblais, tant c'était insensé.
Ils creusèrent d'abord un tout petit fossé,
Mais ce fossé devint une grande rivière
Que d'ici vous voyez avec ses quais de pierre.
Dès-lors, plus de marais, et, ces lieux assainis,
Les oiseaux les premiers y bâtirent leurs nids;
Les hommes, après eux, dans le même feuillage
Y bâtirent les leurs; c'est ce joli village
Sur les flancs du côteau qui monte devant nous. —
Un site magnifique! — Où l'air est pur et doux,

Où chacun se construit un refuge à sa guise,
Châlet ou maisonnette en face de l'église;
Une église où l'on est quelquefois bien serré :
Nous aimons tant Gâteau, notre bon vieux curé!

Sur la gauche voyez ces bâtiments de brique
Tout le long du canal, c'est la grande fabrique. —
Combien de travailleurs? — Aujourd'hui quinze cents,
Et notre colonie augmente tous les ans. —
Ils gagnent?... — Peu d'abord; on complète sa masse;
Le petit capital patiemment s'entasse,
Et quand l'affaire est faite, un beau jour, l'ouvrier
Reçoit une maison avec son mobilier.
Être chez soi, monsieur, c'est toute une fortune. —
En attendant?... — On vit peu chargé de pécune;
Moment dur à passer; mais on garde l'espoir,
En peinant le matin, de respirer le soir. —
Le chômage?... — Est prévu : voyez ces champs fertiles,
Ces granges, ces moulins, ces toits aux rouges tuiles,
Ce sol fertilisé dont la riche moisson
S'étend là-bas, là-bas, jusques à l'horizon :
Voilà de quoi nourrir une armée, et l'usine
Peut chômer quelque temps sans craindre la famine;
Elle emprunte à la ferme, et la ferme à son tour,
Pour le travail des foins, des blés et du labour,

Nous emprunte des bras qu'on ne refuse guères;
Et le Ciel nous sourit, car nous vivons en frères. —
Mais le charme enchanteur de la fraternité
Vous tient ici captifs à perpétuité?...
Un homme intelligent?... — S'il est jeune, on le chasse,
Et sans miséricorde un autre prend sa place;
On l'exile... à Paris, à Londres, à Berlin,
Au pays de Jacquart, à celui de Franklin...
Et souvent le banni, parti pour son voyage
Le bâton à la main, revient en équipage;
Nous autres, les vieillards, nous demeurons ici,
Vivotant à notre aise, et contents, Dieu merci! —
Mais pourquoi ces drapeaux! Aujourd'hui quelle fête? —
La Saint-Napoléon, et le hameau s'apprête. —
Je crois, Dieu me pardonne! entendre le canon!... —
Oui, c'est papa Flambard qui s'amuse; ce nom
Est encor, vous savez, un nom de fantaisie;
Flambard est un débris des guerres de Russie;
Il a bon pied, bon œil encore, et l'Empereur
Est depuis soixante ans l'idole de son cœur;
Vous verrez dans un coin son buste en porcelaine,
Sous un saule pleureur venu de Sainte-Hélène...
Mais, tenez, descendons et voyons de plus près
Cette fête superbe avec tous ses apprêts.

On attendait quelqu'un ; deux mille hommes en blouses,
En avant du village, occupant les pelouses,
Immobiles, muets et par groupes rangés,
Du côté de la route ont les yeux dirigés.
Ils portent tous au bras le ruban tricolore ;
D'un côté les tambours au roulement sonore ;
De l'autre les pompiers que commande un vieillard,
Au geste militaire et bourru, c'est Flambard.
Au centre, les deux bras croisés sur la poitrine,
Un homme grand de taille, et dont la noble mine
Décèle un noble cœur ; on le sent au respect
Que tout autour de lui produit son seul aspect.
Il sourit par moments, comme à la dérobée,
Du côté du perron où sa vue est tombée ;
On dirait que son cœur écoute... Ah! je comprends
Le céleste bonheur : il y voit ses parents.

Soudain de tous côtés un cri se fait entendre :
Voilà le Colonel! Et nous voyons descendre,
Par le large chemin qui coupe les côteaux,
La berline au galop de deux puissants chevaux.

Elle arrive; c'est lui; c'est la rouge livrée
Du brillant officier seigneur de la contrée :
Il porte, ce jour-là, son épaulette d'or :
Bonjour, enfants! dit-il, d'une voix de stentor;
Vive le Colonel! répond la multitude.
Sous les armes Flambard garde son attitude,
Tenant fixe ce front de rides sillonné;
Mais au magique mot : Salut! mon vieux René!
Adieu le règlement et la loi du service :
Il serre à l'étouffer son colonel Maurice.

Maurice, car c'est lui, s'avance en cet instant
Vers la place où le chef de la maison attend,
Froid et grave devant la foule qui l'entoure;
Et pourtant cette main que de l'ongle il laboure,
Ce geste impatient semblent signifier
Qu'il est, le malheureux, bien près de s'oublier :
Il s'oublie en effet. Essaierai-je de peindre
Les houras, quand on vit ces deux hommes s'étreindre,
La poitrine oppressée et le cœur palpitant?
Martial, dit Maurice, eh bien! es-tu content?
Et Martial, montrant la foule qui s'empresse
Autour d'eux frémissante et pleine d'allégresse,
Répond à son ami : Regarde autour de toi,
Et ces cris de bonheur te répondront pour moi :

Je suis heureux!!

             On dit qu'au sein de l'opulence,
Qu'il a conquise enfin par son intelligence,
Martial ne veut point oublier son passé;
Qu'il a, dans son hôtel, avec soin disposé
Une modeste chambre, où sa piété garde
Le pauvre mobilier de l'ancienne mansarde;
Réduit mystérieux où subsistent encor,
Recueillis comme un doux et glorieux trésor,
Tous ces menus objets de la sainte indigence,
La couchette de bois, l'armoire, la crédence,
La vaisselle ébréchée et la huche au pain bis,
Avec le petit trou creusé par la souris;
Tout jusqu'au bénitier orné de sa coquille,
Le crucifix de cuivre où priait la famille,
Le chandelier de fer, les chenets et le seau,
La caisse pour les fleurs, la cage pour l'oiseau.
Dans l'une on voit encore à sa tige attachée
Sur l'arbrisseau poudreux la rose desséchée;
Dans l'autre quelque plume, et le grain de millet
Que l'oiseau turbulent du bec éparpillait.
Sur la table est l'album, don de sa bienfaitrice.

     Martial, vers le soir, était avec Maurice

Dans la calme cellule, et tous deux attendris,
Silencieux, rêveurs, contemplaient ces débris :
Ami, dit Martial, je lis sur ton visage :
Ne traite point, veux-tu, ceci d'enfantillage ;
Laisse-moi, laisse-moi quelquefois revenir,
Par le rêve du moins et par le souvenir,
A cette heureuse époque où, faible et sans défense,
Je venais sous ton ombre abriter mon enfance...
Je demeure fidèle à ce qui m'est resté
De mon premier bonheur et de ma pauvreté.

FIN.

ERRATUM.

Page 34, dixième vers, au lieu de : court encore, lisez : court encor.